凉州心经

LIANGZHOU XINJING

徐兆寿 著

甘肃文化出版社

图书在版编目（CIP）数据

凉州心经 / 徐兆寿著. -- 兰州：甘肃文化出版社，2024.9
　ISBN 978-7-5490-2900-6

Ⅰ.①凉… Ⅱ.①徐… Ⅲ.①诗集—中国—当代 Ⅳ.①I227

中国国家版本馆CIP数据核字（2024）第029511号

凉州心经

徐兆寿｜著

责任编辑｜何荣昌
助理编辑｜朱翔宇
封面设计｜马吉庆　何柯仪
封面题字｜翟相永

出版发行｜甘肃文化出版社
网　　址｜http://www.gswenhua.cn
投稿邮箱｜gswenhuapress@163.com
地　　址｜甘肃省兰州市城关区曹家巷1号　730030（邮编）

营销中心｜贾　莉　王　俊
电　　话｜0931-2131306

印　　刷｜兰州银声印务有限公司
开　　本｜889毫米×1194毫米　1/32
字　　数｜150千
印　　张｜7.5
版　　次｜2024年9月第1版
印　　次｜2024年9月第1次
书　　号｜ISBN 978-7-5490-2900-6
定　　价｜58.00元

版权所有 违者必究（举报电话：0931-2131306）
（图书如出现印装质量问题，请与我们联系）

用文字供养凉州

——写在《凉州心经》出版前

徐兆寿

这是一本未曾预料到的诗集。除去最后十几首写于十多年前的短诗外，其余诗歌均是近一两年间写成。都是在闲下来时，或在飞机上、商场里、会场上，兴之所至写成的。因为早已不把诗歌向外展示，所以也很少给人看过。偶尔会给几个学生看，他们都是年轻诗人，想听听他们的看法。但不知不觉间，竟然写了这么多。

三十年前写诗，想名扬天下，更想拯救"陷于欲望"之中的世界，忽然间醒来，明白这是妄行，便写小说。小说写着写着觉得也无聊，不想被名利就这么牵着走，想知道这世界究竟是怎么回事，便研究学术，研究"道"是什么。如今写下这些诗，难以说清是为了什么。

年轻时一心想离开故乡，所以在四十岁前不曾写故乡。四十岁后，竟然退回故乡。返乡之旅，是另一种建设，是世界观、伦理观、生活观的重建。有时候我想，如果没有故乡，我如何虚构世界？

但幸运的是我有一个故乡，名唤凉州。十几年来，我竟然写了将近二十本书，来理解她，供养她。

这本诗集也是一炷香，一炷心香。

2023 年 3 月 27 日夜　双椿堂

目录
CONTENTS

永昌小传

003　山　高
004　齐家湖
006　高昌王
008　西宁王
009　中　沟
010　南　沟
011　张　英
012　永昌府
014　羊下坝
015　白杨树
017　深沟桥
018　白　洪

019	白杨之死
022	读书人
024	二　哥
026	乡　音

鸠摩罗什

031	致释迦牟尼
033	因　缘
038	维摩诘大士（一）
051	维摩诘大士（二）
063	金刚经（一）
065	金刚经（二）
066	空
068	敦　煌
070	乐　僔
072	烦恼即菩提
074	应无所住
078	菩　提

083	面对苍茫
084	清　明
097	阳光下
101	我想养一片野草
103	辛丑中秋月圆有感
104	每年秋天，我们都要漫游于荒原
108	轮　回
111	阳光普照
112	菊　花
113	梅　花
114	大 西 北
115	凉州的月光
117	无题（一）
118	无题（二）
119	日记：作为一位农夫
125	新　年

127　天人合一

129　日　常

131　冬　至

134　人世间

138　致2023

141　再慢一些

145　祖　父

147　父　亲

149　秘　密

151　无　亲

　　——读报有感

祁连山下

161　祁连山

163　天梯山

165　心　经

167　酒泉钟楼上

168　路过恒沙寺

169	读《史记·匈奴列传》
172	青海湖
173	青海湖途中遇堵车
174	夜住西海镇
175	日月山
177	倒淌河
178	大马营
179	胭脂山
180	飞驰于祁连草原
181	大通河边
182	黄昏
183	匈奴
184	峨堡镇
185	翻越大冬树山
186	弱水
187	黑城
189	贺兰山下

191　巴丹吉林沙漠深处

194　居延海

195　黑戈壁

新凉州词

199　凉州词

203　天　马

206　祁连古歌

214　斯文凉州

221　永　昌

223　易之变

永昌小传

山　高

未有一座山
却名山高

一定有某种秘密
被深深埋藏
一如这广袤的大地
其实本来是无边的草原
是天马的故乡
或者是深邃的戈壁
青色的石子铺到天边
在集体等待一场深秋
的大雨

2023年1月10日晚，
在北京至兰州的飞机上

齐家湖

五姨嫁到齐家
她就没有名字了
我们叫她齐家娘娘

齐家娘娘指着村子的西边说
这里原本是一个很大的湖
王爷家的马都到这个湖里饮水

我看见碧野连天
感叹那得是一个多大的湖
得有多少马
哪个马夫是齐家姑爹的曾祖父

我查过历史
王爷大概是 1200 多年前
元朝的蒙古族将军
或是高昌王
或是西宁王
那么

齐家人大概就是王爷家的马夫

他们在这里定居
代代相传
他们的梦里
一定有一个辽阔的湖

2023 年 1 月 10 日晚，
在北京至兰州的飞机上

高 昌 王

高昌在新疆
就像楼兰、就像龟兹
生活在传说里
离我们很远很远
高昌王却埋在凉州
成了我们的邻居
并立下一块石碑
叫我们这些汉族人
总是怀疑自己的血脉

有一天我看见石碑高耸空中
神龟突然开口唱歌
整个河西走廊和新疆东部的石子、大山、河流
牛羊和青草
都竖起耳朵倾听一首
远古的歌谣

天道循环

善恶轮回

2023 年 1 月 10 日，飞机上

西 宁 王

谁是西宁王
他为什么孤独地站在这里
他的孝子贤在哪里

没有人回答
祁连山和石羊河也沉默着
沉默是这满天星河
星河降下无边的风
只听它在空中唱道

空中无色
应无所住
而生其心

2023年1月10日,飞机上

中　沟

有南沟
有中沟
就是没有北沟
北沟去了哪里
北沟断子绝孙了
死无葬身之地了

但是中沟又在那里
中沟是几千户孝子贤孙
中沟是几千亩小麦高粱

中沟有名有姓　在身份证上
中沟是幸福的　在炊烟里
中沟代代相传　用地道的凉州话

2023 年 1 月 10 日，飞机上

南　沟

南沟隐约可见
是一条干涸的身躯
躺在辽阔的田地间

没有什么能够埋葬它
只有辽阔的风
只有古老的星辰

只有我经过它
在黑夜里
听到它在空中流淌
星辰做了石子

2023 年 1 月 10 日夜，飞机上

张　英

母亲生于张英
舅舅死在张英
但从小到大
没有人能说清楚
为什么叫张英

张英六队和九队
多是姓李的人
数遍张英
姓张的人家并没有多少

我想
定有一个古老的秘密
藏在风中
藏在秋天的葵花地里
和古老的戈壁上

2023 年 1 月 10 日，飞机上

永昌府

向北
可阻挡沙漠上的异心
向东可洞悉中原的心事
向南
甩开祁连山下一条
长长的马鞭一样的丝绸之路
向西
则是战马嘶鸣的蒙古族铁骑
正浩浩荡荡奔向欧亚大陆
而这里
凉州城北十五里
一大块水草丰茂处
正好可以建一座新的王府
请长生天为它命名
请祁连山为它作证
请石羊河在此安家

天空中有个神秘的声音说

长久为永
繁荣为昌

2023 年 1 月 10 日,飞机上

羊下坝

羊在哪里
坝在何处

仙人们在天上
羊下坝在地上

羊在空中
坝在星辰间
先人们在地上喧谎

2023 年 1 月 11 日晨

白 杨 树

大地是平的
白杨树是直的
凉州人的舌头也是直的

风吹树梢上
浩浩荡荡
凉州的史书里
一匹天马飞向西极山
十万牛羊笑着过黄河

天河是弯的
河图是圆的
洛书是方的
祁连山是钢铁做的

秋天的打麦场上
月亮挂到白杨树上
父老乡亲盘腿坐下
听一个瞎贤唱一曲贤孝

再漫一曲凉州花儿

哎呀呀
天上的牛郎会织女
地上的情郎爱痴女
若我们的心儿散
三九天，清冰上开一朵牡丹

2023年1月11日晨

深 沟 桥

南沟　中沟　深沟
每隔一里
就有一条河流的尸体横卧
沧海桑田
如今那里是平坦的田野

但记忆中
每次爬过一条干涸的河床
都要用尽平生之力

不知在祁连山的北方
有多少河流结伴而行
走着走着就都老了
倒在原地
名字成了它们的坟墓
青草成了它们的子孙

2023 年 1 月 11 日

白　洪

一个叫白洪的村庄
请释放你囚禁的洪水

请举起你的宝瓶
倒下一点白色的山洪
证明你从祁连山来
证明你在这里娶了青稞和小麦
证明你浪子回头

2023 年 1 月 11 日夜

白杨之死

母亲说
村庄四周的白杨树都死了
大地上光秃秃的
村庄里一棵树都没有了

那时我正疯狂地阅读尼采和萨特
那时我正在读大学
那时我是一位诗人

那时我回到故乡

父亲说
有一种叫美国天牛的甲壳虫
藏在从非洲和美洲运过来的巨大树木里
来到中国
它们会钻进白杨树的心里
将它掏空了
那些大地上的士
那些一生都正直的士们

都在夜里无声地倒下

因为中间是空的
那些倒下的大白杨树
成了无用的废品
成了冬日火炉里的废柴
于是
人们便把那些未成年的白杨树
早早地砍下
它们还没有被天牛吃空
它们还可以做栋梁

村庄就这样荒芜了
失去了绿色的村庄
仿佛一座人间坟墓
乡亲们仿佛坟墓的建造者
和活在坟墓里的僵尸

我感到无比的疼痛

但不知道这疼痛来自哪里

许多年之后

我听到那些大树们

倒地时的呻吟

那样巨大　那样惊心动魄

2023 年 1 月 12 日晨

读书人

他是第一个高中生
他没有考上大学
他父亲是村支书
他顺利地成了一位中学教师

他进村子的时候
都要从自行车上下来
恭敬地推着车子
笑着问候每一个村里人
包括我这个比他小几岁的孩子
他都要叫一声叔叔
因为我的辈分比他大
比他大两辈的孩子他还叫爷爷
但村里人并没有特别尊敬他
因为他的背后站着权力

许多年之后
当所有的青年都出去上学
都到大城市打工

回来开车从村子里飞驰而过
街上升起白色的尘烟
村子渐渐陌生了起来
人们便想起来那个曾经问候过
他们的年轻人
那个把辈分分得很清的读书人

也是许多年之后
那个读书人已经老去
当他从远方的城市回来
带着妻子回来
还是在村头下车
一个个问候，一步步回家
但他发现
村里已经没有几个他能认识的人了
他再也叫不出辈分了

2023 年 1 月 12 日晨

二　哥

二哥回家是村庄的大事
一个月前
他写信告诉父母
他要回家
父母把这个消息告诉了全村
包括村里的麻雀
麻雀又把这消息捎给了每一条河
每一棵白杨
和每一片云
甚至每一条黄狗

二十年后
当二哥再次回来的时候
头发已经白了

二哥从村头一辆雇来的小车里下来
握着每一个人的手
眼里闪着泪花
他能叫出一些人的名字

叫不出名字的人
主动告诉他是谁
并把自己的家人一一介绍给二哥
希望二哥能永远记住他们

二哥给每一家人都带了糖
每一家人都把最难的事
给了他
他都一一接了过去

多年后
我发现二哥工作的县城并不远
坐车也就半天
但他用了二十年才走回去

2023 年 1 月 12 日晨

乡 音

乡音是村庄的标志
乡音不改是孝子贤孙
乡音是村里人守护乡村的防线

有一位读书人
回来后失去了乡音
他说的每一句话
村子听不懂　鸟儿也听不懂
从此以后
他就再没回过乡村
他的父亲无人赡养

几十年之后
一个被人遗忘的老人死了
人们听说
那个读书人在半夜悄悄地回来了

孤独地埋了先人
又在夜色里离开了村子

2023 年 1 月 12 日晨

鸠摩罗什

致释迦牟尼

那日
在村头相遇
你蓬头垢面,伸出肮脏的手向我索要
我什么都没有
只好将你领到祖母面前
祖母拿出雪一样白而甜的馒头
你感激地走了
一条狗在后面拼命追你
那一年　我开始识字

那一日
在城市街头遇见
我口袋里装着尼采萨特惠特曼
但忽然间想起祖母
便努力地掏出仅有的一块钱
你说,你只要五毛
我说,给我找回五毛
你笑了
我也笑了

那一年　我是大学生

昨日
在飘着咖啡因的西餐厅前遇见
你是残疾的儿童
我要掏出钱
但立刻有人认出了你
说你是都市里的骗子　寄生虫
你收回伸出的肮脏的手
我也摆正了腰包

今天
我又一次想起那个阳光普照的中午
整个村庄都在打鼾
我在清澈的水里玩耍
一抬头　便遇见你

2015 年 6 月 14 日

因　缘

现在我要告诉你们这世界的真相

没有水
就没有森林
没有森林和草木
就没有火
没有火就没有我们吃的熟食
人在畜生道里沉溺
就没有智慧　没有爱　没有仁义

就像没有
冬日冰雪的消融
哪里会有春草的发芽
没有春天的生机勃勃
怎么会有夏天的郁郁葱葱

但那一切都是因为土的因缘
土是爱　是母亲　是父亲
土是一切光的合成

一切事物的汇合
那里不仅埋葬着万物的尸体
还埋葬着万事的尸身
物是实在　是有
事是虚在　是无

所以草木被火点燃
向死而生　无怨无悔
才产生仁德之土

土啊
是一切事物的中道
土啊
就是黄帝寻找的真理
是天的中心
是地的首都

但是土里有神秘的因缘
因为秋天的冷瑟

而凝成玉石　凝成黄金
凝成铁　凝成青藏高原上的冰川与白雪
这就是秋天的形象
这就是金的形象
这就是金的因缘

然而世界在这一刻不停地运动
众星在永不止息地相互关照

或是爱　或是恨
或是和平地相爱　或是战争的侵伐
诸神也是无法阻止的
但在诸神之中
万能的太阳神在照耀天地
照耀人和万物
人是幸福的

只是秋风一到
连太阳神也无法不离开

那王的宝座
因为南方的众生需要他
因为他发誓要度尽地狱里的众生
他说地狱不空　誓不成佛
然而这就是因缘
这就是人间和大地上众生的启示

于是整个的北方啊
众生死亡
天地萧索
水　那太阳的阴影
便坐上了王的宝座
他用冷酷　死刑
来了结世上的一切因缘

他在人间摆出生死簿
来清算人们的是非恩怨
来清算人们的善恶因果
然后重新给人们和众生确立轮回的道路

告诉你们吧
子夜就是一切的开始
那时你们沉睡着
那时你们生出虚妄之梦
但新的道路就从你们的梦里开始了

这就是冬生于秋
水生于金
但冬水真正的源头
在那热烈的夏火中

众星依次旋转
众生如此轮回
万事如此发生

2023 年 1 月 15 日晨

维摩诘大士（一）

弟子们
你们这些被五蕴之泥塑造的色身
被身体囚禁着
被现象迷惑着
知道你们丢失了什么吗
今天我要和你们谈谈

但首先我要来忏悔

我曾在二十岁时受具足戒
出家为僧
我用全部的佛法护佑年轻而强壮的色身
母亲用她全部的信仰呵护我的肉身
而整个的龟兹用它
全部的力量捍卫这一个肉身

在它最坚固的时候
却被吕光的美酒轻轻一击
就打破了

满脸惊讶的弟子们
疑惑的眼睛们
阴邪奸笑的欲体们
你们听着

那个时候啊
天崩地裂
整个龟兹都在哭泣　在流血
整个西域都在颤抖　在痛苦
仅仅为了这具肉身的入世

是谁救了我
救了龟兹和整个的西域
是维摩诘大士

我听到天空中
梵乐齐奏
我看见天空中

三千天女飞来

她们共同送来一个声音

应无所住而生其心

然后我看见虚空中的维摩诘大士

住在豪华的庄园里

有妻子有儿子

有财富有忙碌的仆人

他对我说道

菩萨本无病

但要拯救众生

便要尝遍世间所有苦难

便要与所有众生与苦难为伴、为友

为父母　为子女　为污泥者　为肮脏者

告诉他们

一切洁白灿烂的莲花

都生在污浊之上

没有严酷的冬之厄难

怎能轮回到明媚甘美的春天

所以高高在上的鸠摩罗什

放下你洁净的色身
让它带着你去历经人间的甘苦
在欲界和色界去洗涤
那正是你行法的工具
正是你传道的方便法门
去与所有富贵者为朋
去与所有贫穷者为友
去与所有罪恶者住在一起
去与所有善良者成为亲人

鸠摩罗什
你已被信仰者过分守护
你的色身正是你的监狱
你的法身在你华美的肉身里哭泣

现在
有人用世间法将其打破
拆了那牢狱
你竟然在哭泣

你这迷茫的修道者啊

醒醒吧

你拥有这样的色身

不是享受众人的赞美

也不是享受世间欲望的诱惑

更不可沉溺于它的五蕴之中

收起你的眼泪

用这破坏之身

去世间行法吧

世人会欢喜的

因为世人喜欢与他们一样的色身

喜欢与你做朋友

这世间的一切欢乐与痛苦

你最好亲自经历一番

但你只要不住其中

何惧之有

鸠摩罗什

世人有淫欲之性

是因为他们被淫欲降伏
色身成了主宰
而丢弃了法身
所以世间不见灵山
佛子啊
假如你也一样迷茫
一样执拗于色身与淫欲
请脱下你的袈裟
融入那滚滚红尘
那里有温柔之乡可沉睡
那里有伪饰的名誉牌坊可流行于世间

被损坏和被侮辱的修道者啊
放下你的尊贵与优美
到民间去
到一切贪嗔痴者中去
甚至到娼妓中去
去理解那轮回中的众生之苦
去告诉他们因果法门

你才能入菩萨之道
否则你就和世间一切贪名逐利者
一样　沉溺于肤浅的赞誉
要知道春天不能永住世间
它一定会轮回　轮回到夏天
秋天和冬天也一样
永远都是法轮的一个暂住之地
太阳有十二宫二十八宿
但它永远不会久住在一个地方
它在春天栽种的花朵
秋天就要看着它凋零
如果太阳生出哀伤之情
太阳就不是菩萨

从富贵中长大的人
在权贵中穿行的人
如果你迷恋富贵和权利
你就是迷茫者的众生一个
被众生歌颂过的肉身

你这高贵的世子
却长住于一具被供奉的肉身
这是天大的贪恋
如今感到了痛苦
那不是肉身的痛苦
而是失去的痛苦
是失去众生赞美的痛苦
是众生把你锁在了肉身
是佛法的贪恋者镇住了你的心
要知道肉身只是你行法的工具
是方便之所
只有心无所住
才能生出菩提

弟子们
我亲爱的道友们
当我听到这样的断喝
才从悲伤中突然醒悟
才知道我必须走一条孤独之路

那里没有众生的喝彩
也没有肉身的执拗
但又能在众生之间
与他们毫无分别
如今我这样贵为国师
高高在上　以你们的老师自居
只不过也是暂借而已
我会随时离去
脱下国师的官帽
隐居于庸常者中间
行无定所　法无常规

你们
被情欲所困的善男子们
你们有痛苦吗
你们有迷茫吗
如果有
就请你们留下
听我给你们讲讲世间法和超越法

如果没有　还欢欣于男女肉身之爱
就请离开这里吧
因为你们的缘法不足
因为你们还在畜生道里轮回
弟子们，我亲爱的朋友们
请不要以那样的眼神看我
这并非责怪
而是事实
每个人都有这样的轮回
每个人都曾迷恋于肉体的欢乐
这也是法轮常转的一个地方
我并非责骂你们
只是讲出事实而已
只是要告诉你们
痛苦生于欢乐
欢乐又生于新的痛苦
如果你们能听懂我的语言
能悟到这里　这里的智慧
你们就可以在人世间轮转

就可以像维摩诘大士一样
既拥有富贵，又拥有无上智慧

在迷雾中的求道者
如果你们还不能醒悟
就请吃下你们面前的这碗铁钉
谁能像吃面条一样吃下它
谁就得到了维摩诘大士的智慧

（弟子们看到鸠摩罗什吃下了那碗铁钉，心生狐疑。鸠摩罗什又把旁边弟子的碗拿过去，吃了几口，弟子们这才相信）

弟子们
告诉你们
神通也是小道
是道术
但维摩诘大士讲的道理才是大道

我再重复一遍那真理
心无所住便是菩提
请你们看看那十位天女①
她们初来时
如同波旬送给维摩诘大士的三千天女
现在
她们个个都是佛的弟子
那时妖冶的眼睛
如今却是明净的月光
那时摄人心魄的歌声
如今却是佛国梵音
那时迷惑人心的舞姿
如今却是佛陀启示
你们的修身法门
这正是维摩诘大士教给我的法门

她们如不跟随我

---

①鸠摩罗什第二次被迫娶的十位歌伎。

现在则是刀下之魂①
我救她们回来
也不迷恋她们的肉身
而是度尽她们的罪孽
送她们去佛国世界

你们看
当我说完这些时
园子里的莲花都开了

2023 年 1 月 16—18 日

---

①据说，如果鸠摩罗什不娶这十位歌伎，皇帝姚兴便要将她们杀掉，鸠摩罗什只好答应。

维摩诘大士（二）

有一天
魔鬼波旬带着三千妖冶的天女
在天上对佛陀说
你每天都说
降伏人心　不受任何干扰
便能成佛
请派出一位弟子
让我看看哪一个能抵挡得住
色与欲的诱惑

正在讲解金刚经的佛陀
听到波旬得意的笑声
对着黑压压的一片弟子们说
你们有谁愿意接受魔鬼的挑战

诗人文曲子说
我过去大讲人性
赞美过美丽的少女
也曾为情所困

有三次自杀未遂
现在我的脖子上还有绳索勒过的印痕
手腕上还有刀片割过的伤疤
胃里仍然有安眠药的苦味
是伟大的佛陀将我救出色与情的桎梏
哪里敢再踏上色欲的苦海

作家斗牛星说
清净的佛陀啊
我曾以为人性就是色欲
写过很多故事赞美过色身的各种追求
靡非斯特就是我的导师
我也希望人人能有身体的强大自由
只要它所需要都是正当的追求
那才是理想世界
在那个世界
男人可以与无数的女人自由地欢娱
女人也可以打破礼教的束缚
享有身体的绝对自由

只要身体所愿
便能实现
在那个世界
婚姻是最大的监狱
道德是最无耻的教条
而家庭是世上最后的地狱
我的理想是拆了所有圣人们盖的庙宇
还人类以彻底的自由
是伟大的佛陀
点醒了我
把我从地狱里救出
让我知道
我过去崇拜的正是动物们的生活
是伏羲氏开天之前人类的蛮荒岁月
那时人与动物毫无二致
我所歌颂的一切正是动物们的愿望
不　不　不
就连动物们也不能实现
动物也有它们的世界

人是从羞耻感站起来的物种
只有人能理解天道
只有人才有道路和礼教
我们迷失得太久
现在我再也不想去
经历过去的一切
那是心的荒原
那是人性的地狱

佛陀只好看着导演七艺张
七艺张长叹一声说
仁慈的佛陀啊
您是知道的
我是导演爱情起家的
那时爱情就是我的宗教
我是导演色欲成名的
那时身心自由是我的大同世界
杀死道德和两性伦理
是我的两个道场

我要这世界生机一片
最智慧的佛陀告诉我
我的心被魔鬼拿走了
我过去是波旬座下的弟子
是仁慈的佛陀将我救走
来到这清明的佛国世界
我再也不想看见波旬的世界

佛陀只好把目光转向
哲学家西哲和东哲
西哲也长叹一声说
我杀死了神
埋葬了他盖好的天堂
我只听从内心的召唤
而内心则听从新的学说的召唤
那时
看到人曾经与动物一起在洞穴里生活
以为人就是动物
以为人就是　先前的猴子

那时我是一位人类学家和考古学家
我看到了过去学人们没有看到的一切
我兴奋　我欢呼
我领导了一场反抗诸神的革命
我曾经建立了一个新的人间
哎　现在人类正处在这个世界
没有宗教
没有对天道的信仰　也没有道德
男人没有责任
女人不知羞耻
到处都是自私自利和尔虞我诈
他人就是地狱
佛陀啊
但是当这一切都推翻之后
我最终信仰了我的身体
我只相信我所看到的听到的感知到的和意识到的
我以为这是坚固的
可是当我五蕴皆空时
我就被抛入了荒原

世界就变得荒诞
是智慧的佛陀重新告诉我
什么是人心的圣地
是佛陀让我从知识中解脱
从人为的逻辑中解脱
重新让我认识星空
认识天地人
使我终于看到了彼岸
现在我已没有时间再去关注
波旬的世界

东哲不住地点头
也不说一句话
佛陀便转身看到了记者自由王
说道
自由王啊
你被人们拥戴为"人类的良心"
现在该到你上场的时候了

自由王痛苦地摸着头说
伟大的佛陀啊
那是纷乱的时代
那是愚昧的时代
那是圣人死去的时代
那是人心的冬天
一切都被怀疑
一切都失去了应有的法度
就像这星空失了太阳一样
所有的星星都争着要代替太阳
所有的星星都开始说话
他们一起合谋杀死了太阳
同时也埋葬了月亮
我就是那颗彗星
我曾写下所有星星杀死太阳的交响诗篇
我也替那些没有机会发言的星星
写下他们过去的痛苦
因为在太阳照耀大地的时候
它们被遮蔽　被虚无　被囚禁于虚空

所以众星称我为天空的良心
可是佛陀啊
星空为什么这样黑暗
星空为什么开始大战
地球为什么被毁灭
人类为什么要寻找新的栖息地
天地为什么失去了秩序
因为失去了太阳
因为人人都为王
因为人人都在大声说话
这正是魔鬼波旬想要的世界
是伟大的佛陀
用古老的语言
重新让我去认识天地的秩序
重新认识人类文明智慧诞生的一刻
那也是伏羲一画开天的时候
我才明白
何为道法自然
何以人类要遵照天地的样子

去生活　去生去死　去爱去牺牲
现在
我只想静静地观察天地之道
再也不想见人类欲望的洪流

佛陀悲伤得四顾茫然
心想
这难道就是我点化的觉悟者吗
为什么人人都再一次进入新的监狱
为什么

他摇着头
众人都看着他说
我们不也是按您的教导在修行吗
佛陀仍然摇着头
看着华丽的天空叹着气
正在这时
一个声音从远处传来
"把这三千天女给我吧

我用这华丽的世俗之身
去与她们共同生活
在约定的时间
我会让她们都成为人间的善者　成为佛的弟子
我会让她们成为三千菩萨
去度化你们刚刚称道的乱世中的人们
我不怕失去
因为我无所谓得到
我既是纷乱的人世
又是你们所说的彼岸世界
我每天都在地狱里行走
但我自性光明"

魔鬼问道
你是谁
一个华丽的美男子出现在众人面前
三千天女欢喜无比

他说

我是一切你要的形象
我是一切形象的名字
你不可能认识我

但佛的弟子欢呼了起来
因为东哲认识他
他已悄悄地告诉众人
这就是维摩诘大士

2023 年 1 月 26 日晨

金刚经(一)

爱一个人
就让她住在心上
死的时候
一起与自己埋葬

佛说
太苦了
那是幻影
她早已远去

人说
心上没个人
活不下去

佛说
忘掉那个人
会遇到更好的一个人

人问

那个人在哪里

佛说
在虚空里

2023年1月20日夜

金刚经（二）

春天里
我与学生讨论
什么是电影

鸠摩罗什从虚空里走来
悠然说道
一切影像
如露亦如电
如梦如幻
当作如是观

2023 年 3 月 11 日

空

少年僧肇问
何谓空

鸠摩罗什正在为长安的一封信烦恼
凉州王吕光即将死去
后秦皇帝姚兴第 N 次来信
邀请鸠摩罗什到长安译经
这是他毕生的大愿
但姚兴在信中说
跟这封信来的
还有十万大军
正在渡过黄河
鸠摩罗什看着黄昏里的夕阳
夕阳一片辉煌
照亮了几千公里的晚霞
但在刹那间又无影无踪
他用内心的目光

回头忧伤地对少年说
烦恼即空

2023 年 1 月 21 日晨

敦　煌

在敦煌
鸠摩罗什听见诸神的歌唱
随后便看见千佛端坐于三危山上
他说
这是诸神诸佛喜悦之地
悦即兑
兑卦就在这里

众人都不知道他在说什么
只有白马明白了一切

白马在梦中向他告别
白马说
我愿留在这里
摆渡迷茫中的众生

人们以为白马死了
人们为白马修了一座塔
而两百多年后

一位叫玄奘的和尚
经过这里
叫醒了禅定中的白马

2023 年 1 月 20 日夜

乐　僔

那一日清晨
辞别启明星
他早早地上路了
他目睹了露珠的死亡和太阳的诞生
以及内心无数念头的生灭
他要去西方取经
度化一朵云彩的烦恼

他在俗世行走
心事在天上飘荡

他在祁连山上孤独地禅坐
心中却又诸佛喧哗

他在三危山上时说
这里太荒凉了
众生在这里太苦了

他捧起宕泉河水

对清水说
如何才能令众生清洗身上的罪恶与烦恼

他喝下那捧清水
一抬头
便看见千佛端坐于三危山上
微笑着看他

他便停止了西去的脚步

在这里
他凿开第一个窟
画下一片云的微笑

2023 年 1 月 26 日中午，兰州某商场

烦恼即菩提

那一日
鸠摩罗什坐在崖上
看不见太阳
也看不见月亮
只看见天空是一具古老神祇的骸骨
地狱之门
已悄然打开
只要纵身一跳
眼前的罪恶便解脱了

一个声音问他
真的能解脱吗?
那么,那罪恶去了哪里?
死亡的是肉体还是灵魂?
死亡只是另一场开始
这世上并没有真正的死亡
有的只是无穷无尽的因果轮回

那么,请告诉我

我该怎么做呢？
鸠摩罗什向着虚空中的声音问道

放下即解脱
你用三十多年执着的洁净之身是烦恼
破你身者恰是菩提

2023 年 3 月 10 日

应无所住

在时间的河畔
鸠摩罗什拿出无数张照片
说道
你们总是问　我是谁
我从哪里来　又到哪里去

我先是水
冰是我的样子
然后是草木
是的　我曾是佛陀座下的莲花
也曾是飘零无助的蒲公英
然后是火　是光
藏在树木的内心
住在盛夏的屋里
也住在遥远的星辰上
然后是玉石的形象
住在君子的心上
住在河流的深处
我曾长叹　也曾怨恨

所以曾长久地住在冰冷的水下
在那里　我沉默
闭上眼睛　闭上嘴唇
终于听到遥远的地方
有佛陀的名字
我应声而往
成为秋风　成为雪山
在那里
我学会了接受所有的过往
放下了怨恨　爱慕以及分别心
才看见生命的河流

是的
我是那初生的单细胞
是卵生的飞鸟　鱼类
是胎生的牛羊马
最后才是人

然而　我的弟子们

我的道友们
人是这世间的精灵
魔鬼也由人而诞生
一念生　善缘起　菩提成
另一念生　恶缘起　魔鬼出
看吧　在无穷的轮回中
我也曾是魔　曾是披着羊皮的狼
我徒有人的形象
内心却充满了对人的嫉恨
对名利和肉欲的贪婪
我曾住在一切凡人的心上
也曾热爱名誉、亲人和心上的姑娘
只是有一天
无端的一天
我来到这时间的河畔
我看到佛陀就站在对岸
我看见他也是金木水火土
也是单细胞卵生胎生的生命
是猛虎是野牛是五百强盗中的一个

是卖弄智慧和善行的梵志
最终他又是这流淌的时间之河
是无穷的轮回的终结
不垢不净　不增不减　不生不灭

那一天
那幸福的一天
那智慧光明的一天
我也成了时间的河流
无所求　亦无所住

2023 年 3 月 11 日晨

菩 提

为什么祁连山上的冰雪
终年不化
为什么腾格里的沙漠
无穷无尽

为什么人有爱恨执着
为什么人有生死轮回

在一个清晨
十八岁的僧肇站在莲花山上如此感叹

鸠摩罗什看着天上的彩云
问道
它会永远如此吗
真的有彩云吗
这世间真的有僧肇这个人吗

一切都是暂住
一切都是河流

2023 年 3 月 11 日

日常悟道

面对苍茫

果实把饱满的自己献给世界
万物张开了口　幸福地　自在地
请问果实
你那样相信死神？

面对苍茫
你必须放下那些硕大的心事
你必须看到果实的渺小　坚硬　和自足
你必须相信果实看见了神

2015 年 8 月 8 日，立秋

清　明

1

三十多年来
清明的前几天
祖母伴着微雨定时出现
她站在远处　与邻里说着话
那些逝去的人们还活着　走在大街上
有时她从我身旁走过
做着家务　一言不发
她给母亲安顿晚饭　第一万次叮嘱给她做素饭
她还蹲在炕洞口填着麦草
在秋风里扫着落叶
在落叶里　她回头看见我骑着自行车到了村口
偶尔，她还会习惯地说几句母亲
或者给弟弟们说做人的礼行

我从梦里醒来
对自己说
清明到了

2

有一天夜里
妻子看见她从堂屋里出来
径直走到了对面父母住的屋里

她看见
祖母一身黑色棉衣
大眼睛
深眼窝
一脸幽深
一双小脚风一样旋着

那是她第一次见祖母
那时祖母已经去世快三十年了

3

有一次
她对母亲说
家里的门坏了
我进不了门
你们抓紧给我修一下

第三天
母亲和父亲站在坟前
看见坟门被过路的羊群踏坏了

4

祖母对母亲说
你把我的钱藏起来干啥
赶紧给我拿来
我没钱花了

第二天早晨
母亲从昨日祭祀时的架子车里发现
昨日拿回来的一个袋子里
还有一沓冥币

5

方圆几里
我找到最后一个阴阳
竟是我小学的同桌

他是最后一个理解天地的人
但他的儿子并不理解他
远赴他乡　挣钱去了

他住在有些破烂的屋里
问我
老同学，有没有抽不完的烟
下次来的时候给我拿些

我则问他
你有没有继承者
他看着遥远的天边
忧伤地说
现在,谁还会信这一套啊

我请他去看祖母的坟
他看一眼山,再看一眼水
然后环顾四周的天和地
说,可能老人的坟里进水了

我们全家人不相信
在那周围
已然多年没水

好几年过去
国家要修高速公路
村里的坟都要迁到公墓

父亲才把我们从远方叫去
重新打开祖父祖母的坟

那一天中午
我们全家人蹲在坟上
看见祖母的身上
全是活着的虫子
而她脚底的沙土竟是湿的

6

后来我才发现
老家的房子
全都遵守着《洛书》里的规矩

北方是父母的住处
坐北朝南
雨水从屋檐上滴下
仿佛王冠上的珠帘

东方原是给我的住处
父亲说,那里是老大住的地方
我便明白为什么皇宫里有一个东宫
每个中国人的家里则有一个长子
有一年
我家东面的房子着火了
全村的人提着水桶和脸盆将它熄灭
那时,我正开车从阿拉善去往包头
连霍高速上
一曲《苍天般的阿拉善》正引吭高歌
我正泪流满面

南方是火,是黎民的天空
过去那里是一个油坊
秋天时
父亲从四乡把刚刚打下来的胡麻收来
十二岁的我就开始跟着父亲做起了生意
冬天来临前,我们把胡麻炒熟

然后用它们榨出血液一样黏稠而深红色的清油
弟弟们吃着炒熟的胡麻
笑着　跑着
一炉烈火一直燃到了腊八
如今，那里堆着半屋子的煤炭
和即将点燃的干柴
对了，还有秋天母亲用双手剥完果实的玉米身体
我们叫它们"西麦塞塞"
它们正热烈地等待燃烧
它们仿佛我们前几世的子孙
正等待着涅槃转世

西方是如来世界
那里有曾祖父曾祖母的灵位
祖父也住在那里
父亲说他将来也会住在那里
父亲每逢初一十五便要打开那扇门
我们看见一个幽冥世界张开了大口
父亲对我说，你是长子，要学会祭祀

十五岁的我跟着父亲踏进了那扇幽暗之门
才看清里面空空如也
不过也是一间普通的屋子
后来祖母也住了进去　藏在一块木板上的名字里
每年大年三十
我都跟着父亲
庄严地走进那扇门
告诉先祖们我们这一年收成还不错
告诉他们我们没有做过亏心事
这些年我每每感到后悔
后悔走进这扇门的时候太少
后悔我们将他们抛弃得太久
后悔我至今没学会祭祀的礼行
后悔我过去的张牙舞爪和悖逆先祖
好在我现在明白了一点
就让我从现在重新做一个大地之子吧

东北角是大门，西南角则是后门
我家的后院里养着一头牛和八只羊

冬天的夜里，一只母羊诞下一只小羊
全家人都围在它身旁
第二天早上，女儿去看小羊
小羊正跪在母亲旁吃奶
父亲说，等它长大了，杀了给你吃
女儿则说，爷爷，你怎么能忍心杀了它
它多么可爱啊
在那里
两代人已然有了分别

西北角是厨房
东南角则是厕所
我对女儿说，你看
整个院子其实就是一个人
有入口，就有出口
有厨房，就有厕所
它从大门吸气，从后门呼出
从厨房吃东西，从厕所排出去
它从来都活着，就像我们人一样

院子里的那棵树
就是它活着的象征
院子中央的那些花草
就是它的表情
我们从小被它护佑
可是我直到今天才懂得它

女儿问,这是谁定的规矩
我说,天地
你看,生命都是朝着太阳的方向
所以山南和水北便是阳面
所以天在北方,地在南方
天照着大地,大地迎着阳光
万物便可生长

那么,你为什么在东方居住
因为东方是太阳升起的地方
是天地孕育的第一个儿子,所以是长子
长子是化育万物,令万物生长

所以最接近仁德
但我理解得太晚了
德行对不住天地
假如重新让我活一次
我会首先理解天地自然
然后就明白我是谁我到哪里去了

那么，为什么没有人告诉我们这些
为什么我们这一代人是叛逆者
现在才回家　才重新理解天地父母
才重新理解春天　理解山川河流
才重新理解万物生长
才重新理解秋天和死亡
我们是妄语者　是背叛者
是流浪者　是重新回家者

女儿啊
你看村头那些马莲花又开花了

7

郑重地跪下来
向着天地　向着先祖
向着山川河流
我已洗心革面
我已重回大地

祖父祖母啊
我知道
你们是那清风细雨
你们是那阳光与黑夜
你们坐在星辰上　望着我
我则第一次明白
你们还活着　你们永远活着

2021 年，清明

阳光下

1

在阳光下
忽然问自己
你已经有多久没在阳光下发呆并忘掉自己
你究竟在做些什么

2

这秋末的阳光竟如此温暖　如此令人不舍
这是亘古的阳光
是生命唯一的信仰
而我，这个人类
不知在何时背弃了自然
从生命界里站了起来
对万物说，来吧，我就是太阳，我就是王

此刻，阳光如此迷人
令人沉醉，令人不忍离去

然而,一个声音低低地对我说
无论你做了什么
在这阳光下,你犹如从未来过

3

一个空旷的声音问我
你如此乐善好施　如此周全万有
你又如此义愤填膺　如此冒天下之大不韪
究竟是为了什么啊

这个声音每隔十年必然出现
我看见它像云彩一样缭绕在斑斓的星空
又像万类一样蒸腾在大地上
中间就站着孤独的我
迷惘的我
苦苦追问的我

4

万物都向着太阳
只有我　以及我一样的同类
阻挡了太阳
远远地看着它
仿佛它是魔鬼　是黑暗的乔装者

我想起我的父亲
那个健康的农民
早晨,他迎着太阳走向大地
黄昏,他踩着晚霞迎接黑暗
阳光下
他匍匐着腰,与大地平行
劳作,愁苦,欣喜,感动
黑暗来临
他平躺于泥土做成的炕上
与天地平行
梦见祖父,梦见和平,梦见子孙满堂

而我这个农夫的儿子
这个大地的背叛者
从未意识到如此美好而优雅的姿势
正是我苦苦追寻的自然之道

噢，我的父亲
我的天，我的地，我的阳光啊
让我回家吧

2019年10月17日

我想养一片野草

我常常想养一大片野草
不修剪　不打理
只欣赏　观察它们的野蛮
和自由自在的生死

有一年
老家有人出外打工
他们的地荒着
养了一大片野草
它们长得非常茂盛
一个挤着一个　东倒西歪
它们过于茂盛　过于狂野
过于盛大　仿佛要造反
所有的人路过它们
都生出厌恶
就连我也想革了它们的命

从此
我就想

得在荒原上养
于是我想象
在无人的戈壁上
养一群完全野蛮的草
那里有最恶劣的风
有最坚硬的沙石
有与人类一样的"敌人"
它们一样要经历秋风的刀剑和冬霜的严打
一样要时时与冬风搏斗
我无法帮助它们
也不残害它们
我只观察它们顽强的命运之路
和新鲜而饱满的青春

我还想象坐在无边的秋天的旷野
坐在一片盛大的衰亡之中
没有欢乐　也没有忧伤

2021年12月23日晨

辛丑中秋月圆有感

众星寄玄空
独有月徘徊
徘徊在人间
人间有独我
抬头数星月
低头回微信
微信几百言
不知哪句真
真假何须问
星月何太远
前生我为谁
来世又何往
循环往复哉
犹如星空移
寄生今之身
当在今世悟

2021 年 9 月 21 日

每年秋天,我们都要漫游于荒原

每年秋天
我们全家都要开着车
毫无目的地从兰州出发
一路向西

或者翻越高高的乌鞘岭
乌鞘岭上有亘古的积雪
那是我热爱的天空的眼睛
看见它你就会单纯得像个孩子
然后踩进千里河西走廊
辽阔的高速公路
一起和你奔跑的长城
和长城外一匹匹烈马的影子
无垠的戈壁端着酒
坐在和太阳一样古老的时间里
眯着双眼看我们
他们似乎想说些什么
但最终又什么也没说
有一年　我们从凉州向北

在腾格里沙漠边停了下来
惊喜地发现那里到处都是贝壳
一个牧羊人神秘地出现
告诉我们说　这里曾经一片汪洋
整个河西走廊曾经波涛汹涌
是大禹改变了河道
是大禹将海底世界翻了出来
我们沉浸在几万年前的想象里
遥望着北方的戈壁和北冰洋
那里除了寒冷就是虚无
当我们醒来时
牧羊人竟神秘地找不见

或许我们走错了路
沿着大通河一路西行
灿烂的秋天啊
漫山遍野的红叶
都只为我们盛开
寂寞的大通河把我们领到天上

万山歌唱　万籁轰鸣
一只雄鹰在空中成了主角
它自由自在地翻身，急冲
复又悠闲而骄傲地在天空的镜子里滑翔
自由，那神秘的自由
此刻就在我们旁边
他笑着，我们也笑着

或许我们再次绕过西宁
快速翻过忧伤的日月山
畅游在无人的柴达木高原
青海之青　天空之镜
祁连之雪　大通之河
都使我们疲倦

我们的面前是巨大的荒原
我们的周围没有一个人经过
仿佛突然走进梦里
天地顿时无比宁静

天空湛蓝　高山奇绝
一片片湖泊
仿佛某一世天空的遗民
被遗忘在这里
而他们宁愿被永远遗忘
宁愿在这里修行、打坐
直到他们的心里
再也没有一丝杂念

呵　我们是神秘的造访者
我们是荒原的亲人吗
我们是否原来也是这里的一片绿水
因为贪心而误入了喧闹的人间

2021 年 11 月 15 日夜

轮　回

那在前一世许下的誓言
使我在此生百转千回　历经艰辛
我在黄昏和清晨写下的诗行
都不过是因果的修辞

桌上的那朵花
本是独自无端地开放
但那一刹那
我竟然认为她是为我而灿烂
啊　这美丽的因果
这早晚深情地浇灌
又成了来世的因果
那虚空中的妄念
生生不息　花开花落
我讲过的每一句话
都有其实在的因果
不空不灭
我欲不言

但不言本身又是一种虚妄

佛曰
斩断那妄念
但对我而言
斩断本身就是虚妄
而虚妄又有新的轮回
我唯愿
在我离世的前一夜
敢于像康德那样淡淡地说
我不曾欠任何人的一分钱
不　还有情
不　不仅仅对人
还有对春风　对花香　对阳光
我都不欠什么
我也不生新的欢喜
更不会生出莫名的悲伤

噢　我唯愿

那轮回中的时间之河
波涛消失　不生不灭

2022 年 12 月 18 日深夜

阳光普照

那是一束午后的阳光
从空中下来
打开我的窗户
将我笼罩在它的光中
它说
空中无色
色即是空
空即是色

我看见从我的身体里飞出另一个自己
站在空中
喜悦地念着
揭谛揭谛　波罗揭谛
波罗僧揭谛　菩提萨婆诃

2021 年 11 月 15 日下午

菊　花

那被春天遗忘的
在秋天开放了
孤独而盛大
且不要那荣光
不要那炫耀
只做山野的陶潜

梅　花

因遭遇夏天群芳的嫉妒
忍耐　牺牲　被流放
但终究在寒冷的冬天开放了
成为整整一个季节的花魁
不要那伪饰的掌声
不要那虚假的拥抱
只愿孤独地在旷野里沉吟
只愿在大雪来临之日
再度去穿越生命的荒野

大 西 北

我喜欢大西北
这荒芜的大西北
就像童年时的后院
空旷　丰盛　浩茫　神秘
带着隐隐的恐惧

凉州的月光

月光啊
你还是千年万年前的月光吗
还在值守着黑夜的王宫吗
伏羲派出的八个天官都已经成了八方的教主
他们各自把自己说成了创世者
却把太阳、月亮和众星辰讲成他们的杰作
你都看到了这荒谬的历史吧
如今所剩不多
唯有你和太阳
还在守着天道
守着时间和空间之神

人世间有过几次封神
你都未曾在意
你只静静地守着
静为天下正
没有你
人类将疯狂　万物将凋零

凉州的月光啊
弯弯的月亮
挂在城头　挂在白杨树的树梢上
铺在童年的院子里
铺在梦中的故乡
阔别三十年
城里寄住的游子今夜回到故乡
只问你一件事

天道在何时毁灭的
人在哪里迷了路

2021 年 11 月 26 日

无题（一）

那些过于实在的
终究要面临巨大的虚无
那些过于虚无的
最终会归于实在

无题(二)

现实永远是重的
但精神广阔无边
就像世界一样
看得见的是物质,是少的,亮的,是阳性的
看不见的是精神,是大的,暗的,是阴性的
那被我无数遍嘲笑过的诗人和幻想者
是少的　但他们生活在精神的废墟里
飘荡在广阔的黑暗里　且发着光

2022年1月2日晨

日记：作为一位农夫

1

我多想做一个农夫
扔掉手机
卸掉互联网
在卯时　应鸡鸣而起床
写几行诗
翻几页《易经》
在太阳升起时
领着我的狗去田野里劳动

在新鲜的泥土里
我种下谷物、希望与爱
在露水刚被风干的田埂上
我坐下来察看鸟兽鱼虫
在虚空中写下天一地二人三

我在辰时喝下母亲的小米粥
每次都赞叹谷物的清香

一阵风吹来
告诉我一个惊讶
回头看见院子里的兰花竟然开了
我们会心地微笑

街上静悄悄的
没有几个人
偶尔会有狗们游戏的声音
母亲总是说
人们都走光了
你却回来了
为什么呢

母亲
我回来就是要重新做一个农夫
重新把天地的消息听遍
每一阵风都不是白吹的
每一棵树都有前世
每一朵花都有因缘

每一声鸟鸣里都有千里之外的消息
我想重新找回伏羲、黄帝失传了的经书

2

村子里的人
都在多年前成了城里人
鸟们却回来了

一年秋天
一匹狼终于站在街心
四处打量着
我也来到了街上
打量着它

3

大雪纷飞的一天
那匹狼

又来到了村子里
孤独地徘徊

那时
我在城里
村子里已空无一人

4

春天的时候
我在村子里孤独地流浪
大地荒芜一片

那匹狼已不知去向

5

夏日到了
村庄里不时会回来一些老人

年轻人和孩子则都去了城里
整个村子安静得像一片古老的荒原

白天
我静静地劳动、写作、研究
晚上
我用妻子和女儿给我带来的天文望远镜
观测星空

偶尔会有老人来为我传授古老的星象图
他们说
天一生水　一元复始
一就是天道开始的地方
在寒冷的北方
在子时阴阳相交的时刻
不仅仅天地重新开始
而且善恶也开始轮回

那一刻

我知道
在我周围的这位老人
是上天派来的

那一刻
我看见虚空无比灿烂

2021年12月28日

新 年

一切往昔
都浩浩荡荡流逝
一切来临的
都无声无息发生

一切今天
都生于往昔
一切往昔
都在今天延续

一切仇恨
皆生于心灵的贫穷
一切失去
皆来自贪婪的寄养

我本一念
一念生　有我
一念灭　无我
生生灭灭名无常

无常名空

由是
不为得到而欢欣
不以失去而悲伤
由它生灭
我自守静

2022年1月2日晨

天人合一

今天　我终于觉得
这世界给予我的太多了
不，不，不
是我向天地父母人群
索取得太多了
我不想再要了
我不想再让一切身外的东西拖着我
我要真正获得解放

我要阳光
把我的骨头点亮
我要月色
温柔地流遍我的静脉
我要星星
住在我身体的角落里
我要使自己成为整个天空

我要原谅最后未被原谅的一切人和事
我要像天一样雄健

但不再索取
我要像大地一样只供养
不问回报

2022年1月2日晨

日　常

谢天谢地
又是新的一天
给每一盆花浇水
和它们说话
把每一个房间的灰尘都擦去
向它们表达问候和谢意

然后　坐下来
读书　写作
忽然一念飞来
想给母亲打个电话
而手机遂响起
正是母亲打来的电话

母亲是日常
从无新鲜话题
新鲜话题都是村里某个老人的死讯
昨天的问候今天再重复一遍
感觉还有什么没说

又不知是什么
便说　挂了吧

父亲
是存在者
但从不在电话那头出现
祖父和祖母也是存在者
总在母亲的梦里

2022 年 12 月 12 日

冬　至

一念起
善恶生

一生许下许多诺言
都无端泯灭
现在才明白
就连这滚滚红尘皆是滔滔诺言
皆是无边的嫉妒、怨恨和情义

那莫名的感动
来自清晨的一次无相布施
我知道
我所愿望的
并不在此生实现
但一定在这一日得以轮回

那轮回的
不仅仅是来年春日勃发的青草
而吃过青草的羊

一定会在未月与另一只羊相爱
那相爱的羊
一定会把浓浓膻味献给食客
而那食客定然带着新的因果
在世间修行

没有一个念头是空的
那看不见的念头在我们肉眼看不见的地方
生根　发芽　开花　结果
现在　我只要护那善念　斩断那恶念
但它们的因果我并不能看见

所以嫉妒是可怕的
所以怨恨是可怕的
所以言语也是可怕的
只有心无所住才是善的

今夜
我只护住这一念

不恨不怨

不悔过往　不贪未来

让一切来　让一切去

2022 年 12 月 23 日夜

人世间

五十岁以后
半截身子入土
半截身子还在人间行走
对世间的关心少了一半
对天的了解多了一半

过去不信圣人
现在以圣人为师
不算晚吧

在四时八节沐浴身体
恭敬地迎接太阳日出
这是最神圣的礼仪

五十那年
像黄帝一样去拜访崆峒山
山上飘着四个大字　道法自然
回来像孔子一样
重新翻开《易经》

看见王羲之孤独地站在群山和群贤中间
潸然泪下　但无人目睹

我像盲人荷马一样
听到了天空中传来的创世史诗
才明了伏羲黄帝乃至全世界的造物主
都只是强调同一个法度
天人合一

天创造了人
人是天的形象
人必须按天道一样行动
人不得妄动
只有如此　人才得天佑之

但人世间不知
人间正群魔乱舞

正在制订征服上天的计划
正在制订人奴役人的暴行

我听到天上说
自从人世间祭祀断绝
我早知会有今日
这是人类的命运
人类将在自我戕伐中失去人性
人类将在进入天空时
同时也进入永恒的地狱
去吧
最后的义人
把你知道的写下来
并讲给世人听
那声音永远不会空亡
那声音将是下一劫人类的创世神话

我泪流满面
我不愿如此

于是我写下我所听到的
以此希望能救救不义的人们

                2022 年 12 月 24 日

致 2023

不要再有恐惧
我有高堂
可随时孝顺
他们的门敞开着
就像记忆里的夏天
阳光、风和儿孙们进进出出
一条黄狗也进进出出

我有一本天书
正好要写
窗外的车流声常常把我打断
我走过去,推开窗
看见一对情人正要到天边看海
对面新开的花店生意正浓

我有一个人要等
2500 多年前
他从函谷关出来

骑着青牛向西而来
据说在某一个辰日巳时会到

他走得太慢
我正好还有一首歌要写
是写给天上的北斗星
时间是它开启的
所谓天一生水　地二生火
古歌里是这样传唱的
它才是真正的神祇
但我总是耽于红尘俗事
耽于五蕴之谜
耽于一场梦
耽于一夜功名
忘记了这旷世雄歌

我还有一个签名
要给陌生的读者

我只有四个字
心无挂碍

2022 年 12 月 29 日深夜

再慢一些

慢一些
再慢一些
把每个汉字扶正
让自己气沉丹田
其实是把双脚
深深地附着于地上

是到了知天命的时候
还是明白了一些道
总之相信了这世上有轮回
今生欠下的债下辈子得还
哪怕是一根针
哪怕是一个念头
是的，都得还

这世上本无时间
有的只是不明究竟的因果
我们活在无穷的因果里
舍与得便是轮回

你和我即是因果

贪婪于此刻的得到
便会失去明日的自由

过去我不明白
争分夺秒地去拥有
现在便知道失去了多少
所以不再与任何人争
争,是多么的愚昧
愚昧中我已过了半生
不,不能再这样下去了
要让自己慢下来
矫正走歪了的道路

过去我是一个农民
不喜欢太阳的烧烤
现在,我要与太阳和解
我要在合适的时间走在阳光下

接受它的抚慰

现在,我喜欢在清晨写字
那种古老的写法
不为什么
只为认清它的每一画
这一画从天上来
所以是一画开天
那一画从地上起
所以是地二生火
最后这一画是从我的心上起
所以是人三
三生万物,我是万物之一种

再慢点
你们看
人并不是一撇一捺
那是现代人,无法无天
人是双手伏在大地上,身子半躬着

向着天地祭祀的样子
那时，人的心中有诚
那时，人是有信仰的
那时，人不傲慢，很谦卑
只有现代人才追求快
我不愿意，我要从那壮阔的行列里走出来
慢些走
独自走

孤独并不可怕
那时其实有三个人在
天地人

这就够了

2022 年 7 月 28 日

祖　父

祖父是传说中的大老爷
从正月初八开始
就摇着蒲扇
唱着花儿
给一家家送去祝福

父亲是社火队伍中
打鼓跳得最好的一个
祖父死时
父亲还年轻
父亲不会唱歌
只有继续打鼓

但我可以唱
人们都说
我长得特别像我祖父
所以我幻想
总有一天
可以摇着蒲扇

敲开每一扇门
给人们送上金玉良言
即使是冤家
也无有分别
一样为他们祝福

我要为每一条死去的河流叫魂
要为每一座消失的山丘在诗中插上石碑
我要召唤十万孝子贤孙
祭拜山川河流
祭拜遥远的先祖
并重新向天地深深地鞠躬致意

2023 年 1 月 11 日夜

父　亲

就像孔子的父亲和母亲
生不下儿子去尼山祈祷一样
我爷爷和奶奶在五月十三的前一天
赶着驴车走了整整两天
才上了凉州南山上的莲花山
他们在莲花山上住了一晚
抱着一个罗汉的石像回来了
第二年我父亲出生了

父亲一生忙碌
心无挂碍
无病无恙
父亲每晚九点准时睡觉
早上五点准时起床
父亲中午准时小睡一会儿
天大的事他也不熬夜
再好的喜事也准时睡去

晚年时

我带父亲去逛寺庙
父亲盯着每一个罗汉
然后冲我笑笑

2023年1月12日晨

秘 密

五十二岁的一天
我谈到祖母的佛教和鸠摩罗什
母亲才忽然想起
我在母亲的肚子里寄住了十一个月才出生
瘦小,脸上或许有愁云
村里人都说是怪胎
祖父却喜欢,给我取名三宝
要佛法僧都来保护我
但我一直多病
有道士路过
说要改个名字
那天,我家西南方忽然渗出
一泓清泉
祖父说,那就叫新泉吧

母亲还说
祖父和祖母上了一次城南的莲花山
抱回来一个罗汉像
第二年,父亲便出生了

那天

我愣了很久

母亲啊

一生之中，你一直在帮我们回忆

用话语在虚空里写下我们短暂的生命史

但到底还有多少秘密被您遗忘

还有多少因果未被说出

2023 年 1 月 5 日清晨

无 亲

——读报有感

1

那一天
当母亲被送往养老院
兄弟姐妹们终于松了一口气
他们在附近的酒店相聚
第一次相亲相爱,和和气气

三天前
医院来电话
母亲死了
兄弟姐妹又一次相聚
各自出钱
请来专门的司仪
给母亲穿衣入殓
请来专门的人哭丧、唱戏

母亲已经八十四岁
亲朋好友都说这是喜丧
距离阴阳定的日子还有三天
于是大贺三天

兄弟姐妹给天南海北发信
四方宾客如云而至
祝贺的微信、短信塞满手机
人们都说
大疫三年终于过去了
当大贺　大庆

火化了母亲的那个下午
兄弟姐妹们各自开车散去
就在路上
他们分别接到电话
母亲还活着
他们送走的是另一位老人

2

她有八个儿子
两个女儿
村里人都说
这是十全十美

老头子去世的那一年
最小的儿子也结婚了
村里人都说
将来能寿终正寝了

最初
她在每个儿子那里各住一月
后来她无处可去
在村后的老井值班室里住下

那口井已经枯去
那个值班房里常常闹鬼
因为曾有三个女人
投井自杀

她开始在大地上拾荒
她不敢到任何一个儿子的家里
她宁可与鬼相处
也不敢看儿媳们的脸
她听着孙子们一个个成家
或金榜题名
泪如雨下

一天夜里
天降大雪
三天后
有个放羊的老汉
发现她死在枯井里
她用各种树叶和石头把自己埋了

3

她原是一个地主家的小姐
嫁给了一位穷秀才
解放后生了八个儿子两个女儿
她开始在大地上劳作
学会了各种针线活和洗衣做饭
四个儿子读了大学

她曾在大城市里生活
受够了儿媳的各种数落
终于回到大地上
继续劳作

她也曾与农村里的儿媳妇
一争高下

但最终失败了
被赶出家门
在村委会的破屋里住了半月

她终于在小儿子的央求下
回到家里
忍受儿媳妇的辱骂脚踢

她上过吊
被人救下
她喝过农药
在医院洗过肠子
她的眼里满含泪水
只因为她入地无门

有一天早晨
人们发现她死了
无疾而终
很多年之后

有人告诉她的孙子们
你的奶奶是饿死的

2023 年 1 月 5 日清晨

祁连山下

祁连山

在凉州
祁连山是一朵莲花
鸠摩罗什在山下讲经说法

在甘州
祁连山是一片胭脂
遮住了辽阔的晚霞
匈奴人正赶着十万牛羊
在风中迁徙
妇女们在扁都口
哭哑了黑河的嗓子

在酒泉
祁连山是两个天才的舞台
李白在对酒吟诗
霍去病在草原上舞剑
满天的星辰是永恒的观众

在嘉峪关

祁连山是铜铁打的
只留下一道窄门
叫玉门

玉门说
通过我
就可以长生不老
通过我
就可以心无挂碍
无有恐怖

2023 年 1 月 11 日晨

天梯山

一定有一位圣人
从这里登临虚空
然后留下传说
留下万古白雪
留下一个星辰搭建的天梯

凡人是看不见的
凡人最多能看见
六月的古雪

有一天
圣人归来
登临天梯古雪
北斗七星将召唤苍穹
天星归位
乾山正名①

---

①祁连山为乾山。

那一天
一元复始
天道轮回
善恶因果终有报应

啊
那一天
崩散在八方的星辰
终将听到天道的召唤
连死亡的荒草
也听得见春天的风声

2023 年 1 月 11 日晚

心　经

在张掖大佛寺的清凉里
在六月里碧澄的天空下
我从众人中走了出来
一个人坐在无人的回廊里

我一直坐着
看着大雄宝殿顶上的鸽子
从 13 世纪盘旋到 21 世纪
它们白色的粪便已成鲜明的标记
只听那盘旋的鸽子唱道
色即是空
空即是色
不垢不净
不增不减

我知道
那一天数千人的洪流里

我是幸运者
我听到了那不朽的歌谣

2023 年 3 月 11 日，双椿堂

酒泉钟楼上

那是七月
《诗经》里的火都来到了戈壁上

我登上钟楼
想抓一把南山上的古雪
塞进我焚烧的心里

但我突然听到了
1600多年前的读书声
听到宋纤正在躲避皇帝诏书的喘息声①
三千弟子都跟着他化为古雪

2023年3月14日夜，双椿堂

---

①宋纤，前凉时期的敦煌人，隐居于酒泉南山。明究经纬，弟子受业三千余人。皇帝张祚召其做官，其拒而不见使者。

路过恒沙寺

驱车闲逛
车子突然停了下来
一转身
竟是一座名为恒沙寺的寺院
勒住了汽车的缰绳

黄昏中的恒沙寺
空无一人
我坐在落日余晖里
心无外物

风铃摇摆
松柏入定
我在恍惚间问自己
此情此景
可在哪里见过

2023 年 3 月 14 日夜,双椿堂

读《史记·匈奴列传》

在我的故乡　凉州
那时叫姑臧　有人说也叫休屠
还有人说叫盖臧
总之是匈奴祖先命名的草场
祭祀的金人被一名叫霍去病的少年夺走了
于是　匈奴人便投降
继续为王　继续放牧歌唱
只是那歌太凄凉

"失我焉支山　令我妇女无颜色
失我祁连山　使我六畜不蕃息"

唱着唱着
他们便爱上了中原来的汉家女子
而关中来的军人早已爱上了放牧的歌女
然后他们一起生下二十个儿女
黍米黄米白米和粱米
胡麻胡豆花椒和生姜
土麦大麦小麦和黄豆

还有八个流浪汉

他们为每一条河流重新给予温暖的名字
石羊河黑河党河讨赖河疏勒河
他们把每一座山都叫成自己喜欢的样子
天梯山莲花山胭脂山鸣沙山
龙首山马鬃山三危山

一位女萨满在冬天预言
北斗七星之下
已是汉家江山

春天来了
只听旷野上无边无际地呼唤：
祁连山，祁连山
腾格尔，腾格尔①

---

①在匈奴语中，祁连山和腾格尔都为天的意思。

我曾不止一年站在这满山遍野的花海里
倾听这来自旷野的风声
我已听不见忧伤

2019 年 2 月 22 日夜

青 海 湖

在海之上三千米的青天中[①]
撕下一片海，叫青海

青海青，青海蓝
鹰在高天，王已亡矣

远远望去
青海还在升腾
海天相接处
时间成水
物质成烟

2010年7月20日

[①]青海湖海拔3196米。

青海湖途中遇堵车

南方涝灾
北方旱祸
这不算什么
该干什么还干什么
就像此时
朝圣者要在人少时去看圣湖
游览过的人则急匆匆要逃离

狭路相逢
偏偏出了车祸
三个人死了,两个人断了腿
这也不算什么
五分钟之后怜悯早失
弥漫的是恼人的焦急

神在哪里

2010年7月20日

夜住西海镇

黄昏。神的草原
河流。白色的毡房
牛羊。不动
车子。误入花海

一群远道的朋友
在高原上等着

喝酒。吟唱。
醉游稀薄小镇
月光很亮，很冷

2010 年 7 月 20 日

日 月 山

传说中的日月山
其实没有什么
世人闻名而来
空手而还
我也站在山顶
想望见长安,或者兰州
目光渗进茫茫山色
有些畏惧,有些伤感
想想当年青涩文成
确有些不忍
但再想望点别的东西
已然不能
路途遥遥
不允停留
只好留下一念
匆匆下山

日月山

我不知哪里是日,哪里是月

2010 年 7 月 20 日

倒淌河

听人说
这是一条从低往高流淌的河
我真的相信这是神迹
但同来的人大笑我的天真
在古老的茶马古道
在一个小饭馆里
我与他们争论不休
最后,我去了这条著名的河
才知道它不过是从东往西流
我无话可说

神在哪里

2010年7月20日

大马营

英雄寂灭。辽阔成烟
鹰,神的坐骑
已然遁亡

我无限伤感
悔没能生在西汉
无论汉将,无论匈奴

大马营
黄色的油菜花寂寞成空

2010 年 7 月 20 日

胭 脂 山

我听到这种久远的悲伤
满山遍野　彻骨又美丽
到底是为寻觅一个涂着胭脂的女子
还是一把被风干了的牛角
远望薄雾中的山影
徘徊于七月的空谷

阳光灿烂
一朵不知名的花
静静地绽放于寂寞的河畔
她紧闭紫唇　紧闭秘密之门

2010年7月20日

飞驰于祁连草原

倾听一场绝亡的悲歌
从七月花海的草原
漫向千里之远的荒漠
战士,天马,鹰
老人,妇女,孩子
野花,牛羊,夕阳
噢,这场浩大的交响
带走的到底是什么

此刻,我又被这无边的绝唱裹住
它没有泪水
它只有绝望
和同样无边的轰鸣

2010年7月20日

大通河边

草原。河流。牛羊。毡房。蓝天。白云。
啊!多美的草原
可为什么我的心里总有一丝悲伤

2010年7月20日

黄　昏

越来越喜欢这北色荒山
茫茫，无垠，甚至绝望
这是自由的本色

还有地下天上
到处是辽阔的风
风之上
一册寂寞的史书正在打开

但我有时厌倦阅读
我喜欢追逐，寻找
我愿意空手而还
我愿意带回淡淡的忧伤

2010年7月20日

匈 奴

我固执地认为
消失于北方漠色中的那群人
肯定丢失了什么
一只羊？一支歌？或是一匹马
或者一条奔腾的河流
甚至一座正在升起的天山

我就是明证
我就是那只羊，那匹马
那血一般的夕阳

还有无法言说的忧伤

2010 年 7 月 20 日

峨堡镇

疲惫中
抵达这个山腰上的古镇
看见站着三个古人
荒凉。短暂。寂静
恰恰缺一个唱着天歌的牧羊姑娘

我站在路中间
四处寻找另外两个古人
匈奴。吐蕃
一声尖锐的汽笛将我赶走

一个现代藏族人告诉我
前面有最美的草原

2010年7月20日

翻越大冬树山

风吹经幡
风吹玛尼石
风吹高高的大冬树山

我们在此停留
大家各做各的事
我只疑惑：神在哪里

2010 年 7 月 20 日

弱　水

在同样古老而又偏远的文字间
与你相遇
离得那样遥远
隔着无数的岁月
偏偏对你动了怜意

好浪漫的水
也只有在漫漫黄沙中
在西北更西的岁月里
铁了心向着荒漠不断地伸过去　伸过去

那么，到底为了什么
你如此忧伤，如此绝望
如此糊涂

2010 年 7 月 20 日

黑　城

不要再让人造访此地
关闭城门，熄灭阳光
点亮明月，点亮一盏静静的心脏
我要独享你的黑暗与荒凉

别人看见你被黄沙埋藏
我却看见你秋月下的浪漫
别人哀叹你繁华逝尽
我却看见你诗意正浓

骄阳越是明亮
你越是黑暗
黄沙越是要淹没
你越是完整

万里之外
有人埋头翻阅，试图说尽你
我却嘶喊，不

废墟之上
佛塔静穆　城门虚掩
一枚白骨与我四目相望

2010 年 7 月 21 日夜

贺兰山下

从额济纳旗到凉州
从凉州到贺兰山下
一袭黑衣若隐若现

在阿拉善清晨无限辽远的地平线上
在贺兰山夕阳下隐隐约约的大草原上
一袭黑衣赫然闪现

不如闭上眼睛看你
黑暗的历史里,你神采飞扬
一手持鞭,一手信缰
你缓缓走上山头
目击无限江山,挥鞭喝彩
好个马场

西夏人,勒住你的骏马
还认识我吗

你遗忘在河西的鲜血
你遗留在马背上的诗篇

2010 年 7 月 21 日

巴丹吉林沙漠深处

在巴丹吉林沙漠深处
生活着三个隐士
他们是世上的三个奇迹
一个是海子
一个是村庄
一个是庙宇

到底是避世,还是绝望
你远遁于此,与世隔离

然而,避世也罢,清洁也罢
难道非得头枕一册经书
非得点一炷清香
在这世所难觅的幽静之所
你还不够
难道你的心还和我一样纷乱
还需要神的护佑

即使需要信仰

也只需在心上燃起一缕青烟
难道非得在此建一座巍峨庙堂

身外，十万绝沙飞奔
心内，竟是碧波荡漾
这是真的奇迹

但除非神力
我无法得知你靠什么
从流沙间，从十万绝念中
把石砖一块块背来，垒起
又需要多少岁月的泥浆
才能在曙光中看见信仰耸立荒漠

陶潜无缘
不信者无缘
过客无缘
即使他们看见碧波之上的塔尖
即使他们全身穿过沙漠和庙堂

可心仍然像沙子一样纷乱
仍然会在黄昏来临之前
孤独和绝望

有缘人是我吗
从千里之外莫名地赶来
独对你的奇迹产生膜拜
然而，在即将到达之前
我看见人潮滚滚向你涌去
你无法退避，你再也不是你
我听见天空倒塌
我看见旷野顿失
不，绝不
我蓦然回还，宁愿
在千里之外，在喧嚣的闹市里
为你点一炷清香
为你在心上雕一尊塑像

2010 年 7 月 24 日

居延海

弱水轻扬
流沙为伴
赭色的夕阳下
你是千年前被遗弃的绝世新娘
一半热烈,一半已被埋藏

一丝低低的忧伤
高过海平面

2010 年 7 月 20 日

黑 戈 壁

三百里之内,寸草不生
除了绝望,还是绝望

嗨,快看
一棵树
一棵低矮但粗壮的树

这不是庄子的那棵树吗
孤独,无用,永恒

2010 年 7 月 20 日

新凉州词

凉 州 词

在那首醉人的《霓裳羽衣曲》之后
大唐颓萎　而凉州的嗓子从此就哑了

在那之前，唐宫的音乐多来自凉州
反弹琵琶的姑娘师自凉州
河西节度使还源源不断地把西域的音乐贡给皇帝
皇帝热爱羯鼓　贵妃热爱梵乐
这一切凉州应有尽有

凉州的浪子除了王昌龄和岑参之外
多是从撒马尔罕来的胡人
他们向整个西域写下鸽子一样的家书
讲述凉州的葡萄美酒和夜光杯
他们还向遥远的妻子许下大愿
总有一天　将有骆驼把她带回凉州
在这里生儿育女，做官发财
在这里　丝绸裹身　做一个高贵华丽的唐人

那时，所有的诗人都从长安和洛阳出发

跟着王摩诘　跟着王之涣
到凉州参加一场青春诗会
他们左手握剑，右手写诗
凉州的南城门上，热闹非凡
总有诗人醉卧城头　梦见阳关　梦见新娘
总有歌伎祭出侠骨
发誓来世定做男儿身　扬名边关

那时　凉州的月亮照彻天下
天下皆传诵一曲荡气回肠的凉州词
那时　所有的懦夫都变成英雄
在旷野上歌唱　集体朗诵天赐的凉州词

那时　玄奘在鸠摩罗什寺
看见罗什留下的心经　看见观自在菩萨
他向高耸的舌舍利塔深深一拜
在月光中向西而行
那时　大云寺的铜镜无端响起
海藏寺上空突然祥云齐集

而城东的恒沙寺刚好念完最后一行佛经
一切善缘　合和于月圆中的凉州

那时　我是敦煌来的一位画匠
身藏无数佛的形象
那时　我是长安来的一位僧人
心中的佛经　可铺满三千里河西走廊
那时　我是刚刚被赐姓为安的粟特人
在凉州做了一名官吏
刚刚为天边的妻子报去欢喜的消息

那时　我是于阗来的一位舞女
欲为天子献上昆仑山遗传的西王母歌舞
那是失传的神的颂词　神的舞蹈
那时　我是高昌国的王子　到长安去的质子
我的理想是带回一位大唐公主
以及天子赐的大唐宝卷

那时　我是轮回路上的修行者

我是一切人　一切人都是我的化身
前世为贼　今生为僧
只为做一个好人　赎回出卖的灵魂
只为做一个善者　除去身上的一切污秽
只为今生念一声佛号　除去他们心中的恐惧

那时　我在凉州念经　你刚好路过
那时　我在凉州卖布　你推门而入
那时　一地的月光啊
你说　凉州真凉
那时　我温一壶美酒
你说　这才是古道热肠
这才是唐诗酿成的凉州

2024年5月31日夜

天　马

天子下诏，天下的名马齐集凉州

有一匹马，过于骄傲，过于雄健
它忘了自己是一匹马
忘记了自己前世英雄的杀戮
它忘了自己是一具肉身
只隐约记得曾是天神驾临云上
隐约记得云端上的蓝天和疾驰的风
隐约记得自己是天界的王

而天上的神鸟　那些飞翔的雄鹰
却不约而同地从天山、从昆仑山、从祁连山
越过冰川　越过疾风　越过往日之梦
来到了草原的中心凉州
而云彩　而疾风　而飞鸟　而河流
而树木　而牛羊　而昆虫　而万物
而时间里的时间　而空间里的空间
而三千大千世界　早已将这消息传遍
仅仅一夜　世界已灌满凉州的消息

只有人　只有人忙于田野上的收获
置天子的诏书于不顾
那只屋檐下的燕子　给主人衔来了诏书
主人正忙于和胡人交换金银
主人正忙于欣赏胡伎的舞蹈
沉醉于那柔软的腰肢
主人正忙于写一首辽阔的凉州词
主人正梦见金榜题名　梦见贵妃替自己换鞋
主人啊　正沉浸于人间的富贵
不满的燕子，愤怒的燕子
一心牵挂主人的燕子
一心想报答主人恩情的燕子
只好替主人上路了　飞赴那盛大的马场

欢喜的燕子，飞进天空的燕子
刹那间也忘了自己是一只燕子的燕子
忘记了自己有一具肉身
忽然想起遥远的过去

自己曾是西王母身边的侍者
曾是天神们爱慕的仙女
只因嫉妒嫦娥的美貌而降落人间
现在已经历九十九劫　已苦尽甘来
想起这一切　她忽然间想变回仙子的形象

就在这时　她感到了沉重
感到了闪电般的战栗
感到了爱情一样的甜蜜的惊喜
她惊喜地回头
看见天神降临　看见前世之约
看见郎才女貌　看见洞房花烛
看见美梦成真　看见仙班云集
看见天女散花　看见万般奏乐
看见自己正沉浸于爱人的怀里

2024年6月1日上午

祁连古歌

深秋的午后　提一壶酒
顺着鹰飞翔的方向　逐步向上　向上
我的身后是三千大千世界的众生
是数千年时间之神和十二位方神
在最开阔处　在鹰消失的地方
亘古的雪沉默　古雪下的冰川也在沉默
冰川下面的巨石却突然醒来　发出低低的轰鸣
啊，祁连山啊
你是天之山，你是乾之山
你是伏羲、黄帝、大禹祭祀上天的圣地
你是古羌人、月氏人、匈奴人祭祀天神的龙山
你是被时间遗忘的太古之山
今天，我从众人中走了出来
来谒见你　来献上美酒
献上我心中的颂歌　献上这一秋的美景
只是当我起心动念之时　鹰就立刻神会
然后是飞鸟　然后是树木　河流
然后是我无法看见但意念能感知到的三千大千世界

然后是被放逐的诸神　他们心领神会
他们都跟着我的心念上山来了
然后是古老的巨石也感到了神秘的悸动

请让我郑重地跪下来
请允许我三拜九叩
请与我重新相认
我要在山上放堆篝火　把整个秋天的山脉染红
我要背诵古老的经文：
天一生水，地六成之；地二生火，天七成之
祁连山啊　万山之中的天山
数千年来　人们忘记了你
当华夏的子民从昆仑和祁连向黄土高原东移
然后再次东迁到中原之地时　中国便出现了
而天之下都昆仑被遗忘了
而乾山也逐渐更名为祁连山
原谅那些不肖子孙吧
数典忘祖本是人类的局限
但幸运的是

古老的传说仍在　玉石之地昆仑山仍在
那些高天上的鹰还在
那形而上的《易经》还在
现在就让我来还原你伟大的天道吧
现在就让我重新来说出这古老的一切吧
三千大千世界的众生们
那古老的时间与空间之神
请认真倾听
请与我一道听闻大道初生的故事

天不生伏羲　万古如黑夜
但天又是伏羲的命名
天在北方　北方为水　水为冬季
天为一　地为二　人为三
所以天一生水
地在南方　南方为火　火为夏季
所以地二生火
天地人　五方　五行　五季　天数　地数
对这个世界最初的命名就这样确定了

八节　八方　即为八卦
时间就是空间　时为天　为乾
空间为地　为坤
天空先行运转　大地上才有时间和空间的移动
才有万物生长　才有日出日落
东方草木生长　春雷阵阵　是为震
然后是和煦之风　吹开夏季　是为巽
然后是火热的夏季　火在南方　是为离
然后是入伏　很快又至秋风送爽
天道立秋　是为坤　坤地在西南
坤者　万物成熟　故曰厚德载物
然后是收获的秋刀高高举起
万物低下沉重的头颅　向天地献上自己的肉身
生亦何欢　死亦何惧　生为众生　必当奉献
生生不息　当是这世界的真理
是为秋风至　为兑　兑为悦
天地万物喜悦的季节
兑在西方　西方为极乐世界
然后是太阳南移　大雁南归

肃杀的季节终于来临　大地一片荒芜
是为立冬　为乾　乾在西北
乾为极阳　但泛阴　乾卦起　一阳生
万物进入轮回之苦
然后是冬至　是水之冰　是坎
坎在正北　故曰天一生水
凡在北方之物皆以黑色命名
故曰黑水、黑山、黑城、黑戈壁、黑土地、黑龙江
北方的黑水要流入北冰洋
然后再向东进入轮回之道
然而再黑的夜也有终止的时候
再冷的天气也有终结的时候
乌鞘岭就这样出现了　它高高耸立
把河西走廊上的寒流全部挡住　向北流去
贺兰山、大兴安岭都是它伸出的臂膀
是为艮　艮为山　艮在东北
然后就来到了春天　天道立春
万物作　春雪起　新的轮回开始了

但这一切的尺度皆来自天上
来自北极星和北斗七星的协调运作
北极星是天之中心
其下界便是昆仑之山　地之中心
当斗柄向东　天下皆春
天子便跟着来到东方　匍匐着身子　点起篝火
恭敬地向太阳致意　并教民劳作
当斗柄向南　天下皆夏
大禹在那里统一度量衡　死于会稽山
当斗柄向西　天下皆秋
敦煌在兑方　敦为兑　兑为悦也
故曰敦煌是众神喜悦之地　千佛坐立之地
诵经之地　众生取经之地
当斗柄向北　天下皆冬　冬者冻也　肃杀也
因果计算之时　恩仇明断之地　善恶轮回之节
故天在北方
天在主持宇宙正义　天在铺开天堂与地狱之路
世人啊　天在记录一切　天在明断一切

天在　意义在
天不在
众生皆入恶之道、欲望之道、杀戮之道

三千大千世界的众生啊
这就是我来祭祀的根源
这就是我来闻道取经的根本
那皑皑的白雪　就是无字经书
那雄鹰消失的地方　即天门开合之处
空中无物　但空中才能密见如来
现在　请随我一起三拜九叩吧
看吧　最初的汉字人就是这样的形象
是人心中有信仰的模样
看吧　当上天令圣人创立天道与文字时
人就成了万物的尺度　那尺子是弯曲的
心中有天地信仰的　心中有道德因果的
有善恶轮回的

我是人

我是重回人道的一分子

祁连啊　祁连

不知我在河西古道上轮回了几百劫

吃尽多少苦果

这一世才得到你的召唤　才得到如许启示

现在是深秋　现在是即将立冬之时

你赐给我这样的经卷　在众生的监督下

我在满山遍野的山火前　与你盟誓

重新做人

重新用你的天道照临四方

2024 年 6 月 1 日夜

斯文凉州

正如周公要在洛阳建成周城
郑重地用三年时间打了三次卦　询问了三次天
在得到天地准许后　才下了最后的决心
"中国"就这样产生了
在洛阳的张轨　以礼服天下的张轨
皇甫谧的高足张轨
突然间想隐居的张轨　也郑重地打了一个卦
在得到天的准许后　便过河来到了凉州
来到了其先祖经营数十年的凉州
来到了匈奴人羌人胡人喧闹着的凉州

一派喧哗为骚动的凉州　忽然间静了下来
看到了张轨在城楼上大写的礼
看到了在城东修建的学宫
听到了学子们诵读《诗经》的声音
关关雎鸠　在河之洲　窈窕淑女　君子好逑
那声音越过了乌鞘岭　越过了黄河
越过了秦岭　越过了崇山
于是，大名鼎鼎的郭荷背着五经

来到了祁连山
在东山的松柏下翻开了《春秋》的第一页
那飞翔的雄鹰　第一眼就认出了这个书生
正是那前世在此修行的千年松柏
只因记忆深处始终保存着太古的经书
只因他从飞鸟那里听闻过伏羲大禹的故事
所以他一到这里　便与万千生灵同气相和
所以除了那神鹰
鸟们便把这消息透露给天空与树木
天空向神秘的九天送去蓝色的消息
并让白云向天下传递
树木用根系向大地送去这湿润的消息
而河流　而昆虫　而牛羊　而草原
都以他们的方式　传播这动人的消息

群山动容了　天下的士子们卷起经卷
越过黄河　向凉州来了
千万册经书越过黄河　向凉州来了
三千经师辞别故人　越过黄河　向凉州来了

那时　中原战乱　黄河哭泣
天下安定者　唯有河西
史书上说　中州人士避难于凉州者　昼夜不停
他们带着财富　拉着家小　越过黄河
向凉州来了
十万牛羊偷偷地驮着经书跟在他们的身后
向着故乡来了

在莲花山上　在临松薤谷　在酒泉南山
在嘉峪山上　在三危山上
三千经师一齐打开《易经》　打开《春秋》
打开《礼记》　打开《诗经》　打开《尚书》
十万胡人把他们的子孙从马背上撕下来
送到了山上
郭荷　郭瑀　刘昞　宋纤
从东向西守着经堂
整个祁连山就是座经山
飞鸟在这里学会了《诗经》
松树在这里学会了《礼记》

星辰在这里学会了经天纬地
雄鹰在这里诵读《春秋》
而河流与雪山在这里讨论《尚书》
前凉　后凉　南凉　北凉　西凉
羌人　氐人　月氏人
匈奴人　鲜卑人　乌孙人
塞种人　龟兹人　天竺人
天下的人啊　都在这里
天下的人啊　都被五经化为一种

氐人吕光与臣子们大谈儒家言论
匈奴人沮渠蒙逊在大殿上妙解《论语》
鲜卑人秃发乌孤在群臣中高语《春秋》
而李广的第十六世孙李暠则把孔子的经书
运到广袤的昆仑山下
在楼兰　在尼雅　在于田
在龟兹　在且末　在若羌
在富饶的塔里木河两岸
在波光荡漾的罗布泊四方

西域诸国的王孙都在练习汉字
都在学习《礼记》
祁连山　昆仑山　天山下
到处都是孔子的学徒
到处都是讲究礼义廉耻的书生子弟

五凉的王们
令所有马背上的男儿都放下手中的刀剑
拿起毛笔　蘸上散发着松脂香味的油墨
在森林和草原上写下斯文二字
五凉的王们
令所有牧马的女人从肮脏的牧场里
抽出一定的时间　学习染织技艺
用丝绸绣下鸳鸯戏水
绣下百年好合　绣下子孙满堂
也绣下和而不同　绣下五星出东方利中国
五凉的王们
令所有的人学习稼穑　学习收割
让人们吃上行面　吃上锅盔

吃上热热的油馃子
五凉的王们
令人们从单薄的帐篷里出来　带上图纸
在大地上修建一个个四合院
让老少妇女在有着充足阳光的院子里劳作
呼吸　休息　幸福地死去
令六畜陪伴人们　成为人类的亲人
令河流蜿蜒曲折　流经每一户人家的土地
令所有的众生　一心向善　念念不忘
五凉的王们　用蓬勃的热情与旷世的理想
建设着一个新的河西　新的凉州
这世上再也没有一个人真正地实现孔子的理想
而张轨用全部的生命诠释了六经
这世上再也没有一个地方如此富有
只有河西　只有凉州
凉州畜牧甲天下啊　谁不羡慕
金张掖　银武威　河西是天下的粮仓
凉州丝绸裹身　河西书城不夜

斯文啊　你在这里才得到无上的尊崇
斯文啊　你在这里才开始主宰天地和人心
祁连山上
一只雄鹰代替圣人　向天空致礼
向天地述职

2024 年 6 月 3 日夜

永 昌

一匹马　梦见遥远的故乡
在一个叫永昌府的地方
那里　阔端王正凝视雪域高原
那里　石羊河的水宽宽地驶进潴野泽
那里　水草丰茂　是天下最美的草场
凉州畜牧甲天下
十万头牛羊跟着一万匹马
从祁连山下　浩浩荡荡绕过乌鞘岭
热热闹闹渡过黄河
窦融的名声一夜间由黄河捎给了洛阳
那十万头牛羊的欢叫声叫破了史书的耳朵
元朝的史家仍然得写下
凉州大马　横行天下

是洛阳的邵夫子窥见天机
不由自主地调换了八卦的方位
是天要如此啊
天道循环
凉州　正好赶上了遮天蔽日的沙尘暴

不周之风啊　从西伯利亚一直吹到了乌鞘岭
吹彻了凉州的英雄之梦　凉州真凉
凉州城再也容不下十万铁骑
阔端王打马从石羊河走过　回鞭一指
来到了一处开阔处　受命于天　既寿永昌
那一天　凉州重新把头转向了东方
看见中原　看见四书五经
那一天　远在日喀则的萨迦班智达
带着年幼的八思巴向凉州来了
那一天　祁连山上的草木都竖起了绿色的耳朵
听到一曲远古的歌谣从昆仑山传到代乾山
那一天　六谷之水听到一声密令
天梯山的大佛睁大了眼睛
鸠摩罗什寺的高僧在天上看见六字真言
看见大禹在天上重铸九鼎
那一天　我的家乡永昌府祥云缭绕
百鸟翔集　九歌在虚空中荡漾

2024 年 6 月 3 日上午

易之变

春和景明，邵夫子拾级而上
伊川的水总是那样缓慢　像极了他的心思
事缓则圆　这世上没有什么可着急的大事
就连死亡也在轮回中
谁也不能逃脱　何必去争
你看　春天迟早会到来　太阳照常升起
对岸喜鹊的叫声如约而至

突然　童子指着一只从未见过的鸟问道
那是什么景象
夫子看了看天　又看了看地说
你看那一身红色的繁华　是南方的景象
它是南方给北方写的一封信
它告诉北方　天变了
南方的地气朝着北方来了　天下属于南方了
那天晚上　邵夫子一夜未睡　口中念道
天地位焉　万物育焉
童子半夜来探　只听他口中念道
天地定位　山泽通气　雷风相薄

水火不相射　八卦相错
第二天一早　邵夫子焚香沐手　写下如是言
天南地北　坎西东离
从那一天起　乾山不在　坤山不见
乾父从西北移向南方
坤母从西南走向寒冷的北方
于是西北闭塞　失去了君位
北宋旋而消亡　天子真的迁到了南方
制作丝绸的工匠纷纷来到了苏杭

那之前
凉州曾短暂地从吐蕃人的牛羊中回过头来
看见天子　看见黄河边踱步的孔子
然后便被西夏人的皮鞭扭过了头
但仅仅是一瞥　便梦见五凉　梦见《诗经》
梦见唐时的繁花　梦见先祖的笑脸
祁连山隐姓埋名　卧薪尝胆
黄河哭瞎了眼睛　认不出谁是孝子贤孙
辨不清谁是谁非

荡荡乎天门关闭　　巍巍兮万山阻隔
五凉遗风虽断绝　　好在西夏仍姓李
佛音延绵处　仍有夫子礼容
胡风炽烈时　恰有诗书礼乐
一地的月光啊　可度尽白昼苦厄
羌笛横吹啊　可和山河破碎之心

一千年　弹指一挥间
北极星重回中央　　北斗七星重又返回边关
将重新定四维　分寒暑　判因果
灯光下　我重新打开邵夫子留下的经卷
对照孔夫子收集而成的竹简
然后　重新踏上孔夫子司马迁邵夫子不曾光临
的河西走廊与南疆古道
去对照《易经》和《山海经》的乾坤两山
然后　我又去黄帝及尧舜禅让的子午岭
躺在那里睡了一觉
醒来便知道我们遗失了怎样的江山

我在黄帝陵和南佐遗址前流连忘返
在崆峒山和长江一带瞻仰黄帝的遗风
在大疫三年的黑夜里研读《黄帝内经》
然后　我又沿着大禹治水的路线考察河图洛书
勘探大禹分封九州的原理
寻找他的九座山　九条河　九个湖泊
在绍兴　在会稽山上　在渭水源头
在四川的龙门山前
在西羌人生活的且末、若羌和柴达木盆地
我独自与天地对话
我能感到大禹在高空里看着我
听得见我说的每一句话
看得见我写下的每一行字
他总是派不同的形象前来与我神会
我心里欢喜
我在绍兴的大禹陵前朗读五行之法
他派一位骨骼奇大的男子前来与我相认
那正是我在渭源广场上看见的雕塑中的大禹形象
我便转身对着山上的雕像鞠躬致意

最后我回到天水的伏羲庙说出我深藏已久的心事

连续三年　在夏至之日
我都奉命在伏羲庙向全世界解读伏羲
第一年便是庚子年　那是我初识伏羲的时刻
是我心有所动的时刻　是我疑惑未解的时刻
第二年是辛丑年　那是我深识伏羲的时刻
我从天上的星象讲解他的一画开天
也从地上的属相讲解女娲补天的科学原理
那一年　兰州的人们发现黄河清了
黄河上游出现了很多从未见过的奇异之鸟
那一年　西双版纳的大象一直向中原走来
向它们梦中的遥远的故乡走来
那一年　我家前面的大树上飞来一百只戴胜
那是我在西王母的传说中听到的名字
第三年是壬寅年
那是我茅塞顿开　心有所获的一年
我在他的塑像前深鞠一躬　对他说道
老人家　伏羲爷

你是昆仑山上寻找天心和地心的先知
你是时空的开创者
是人类氏族时代文明的肇始者
其实你只有一卦　那便是三画卦的八卦
八卦乃八节　八卦乃八方　八卦乃天下
八卦乃家庭的伦理　八卦乃肉身的法度
那时天地之道是可见的
初劫中的释迦牟尼和地藏菩萨以及老子、孔子
都来这里观道　听法
你令祁连山做了乾山　昆仑山做了坤山
当金山做了兑山　乌鞘岭做了艮山
四川有震山　昆明有巽山
丽江之畔有离山
而河西走廊的黑山和马鬃山便是坎山
整个的青藏高原
便是你的道场　也是天地的道场
是易之体　是易之道
你创立夫妻伦理　在昆仑山上用树皮遮住人体
然后在陶器上涂上颜色

画上天文地理　　画上人间富贵

你用这样的方式教化人类

也教化那些死去的鬼神

你用五行和日月制作了世界上第一支笛子

五音代表五行　　金木水火土各占一音

你又加上日月二音　　七音代表七曜

你把天地分为五方　　把季节分为五季

把时间刻在二十八宿之上

天若不生伏羲　　万古如长夜

故而伏羲氏王天下

天下的时间和方位皆出自伏羲的命令

当这一切刚刚完成之时

北极星已由七公星代替天棓星

然后中山星再代替了七公星

星辰移位　　天道重启

所以冰川融化　　大洪水来临

你坐着葫芦漂流东至

在卦台山上进一步演绎八卦

此时　　乾坤毁　　易体不可再见

形而上者谓之道　形而下者谓之器
我知道　这里坐着的你不是一个人
而是一个氏族的化身　是天道人伦的化身
黄帝用你的八卦和天文地理制礼作乐
也为我们的阳宅和坟墓确定了礼仪
天地人三才合一　天人合一的时代终于到来
又过两千年　北极星再次有星将值班
星辰再次移位　天道再次轮回
文王将你的三画卦演绎为八画卦
展开为六十四卦
人伦进一步创化　时空进一步细分
此为变易卦
而到邵夫子时　创立了先天八卦
而把你的八卦命名为后天八卦
如今千年过去　北极星在勾陈一星上徘徊良久
勾陈者　曲折也　中心不亮　四方星将张扬
中华传统四散迸溅　西方白虎入关
伏羲爷啊　如今天道重张
我也该将你的八卦还原

将乾山擦亮　将昆仑之巅的迷雾驱散
将东方苍龙唤醒　将西方白虎驱赶
我相信终有一天　北极星再次明亮　照彻天穹
二十八星将重新布列　四方重序　四时重建
古老的天道之镜重新擦亮
迷茫的科学也有了信仰的方向
道德伦理重新成为文明的尺度
那一天　天人之际再续
那一天　将是你真正的重生之日

2024年6月4日夜